大偵探
福爾摩斯 漫畫版
SHERLOCK HOLMES

CONTENTS 解碼緝兇

妻子的恐懼

能夠每天與你來散步，好幸福啊。

是啊，太幸福了。

希爾頓，別開玩笑了……

艾爾茜，你看海的樣子真美，就像我們在郵輪上初次邂逅那時一樣。

已經一年多，當時實在想不到我們能結為夫婦。

……

怎會呢。若不是你太迷人，當初我也不會鼓起勇氣結識你。

5

啊！

怎麼中國人晨運都喜歡練拳……這就是艾爾茜說的太極拳嗎？

你怎麼啦？有甚麼事嗎？

回家去吧……

沒……甚麼。

我……有點……不舒服。

……艾爾茜

噠噠……

上環荷里活道。

麻煩你們了。

老外說要去荷里活道呀！

知道啦！嗨！

這人力車真特別。

是亞洲獨有的啊。

噠噠…

這讓你嚇一跳吧？

這……難道你跟蹤我？

這麼簡單的事，還要跟蹤你嗎？

說起來，我知道你不會投資南非的礦場了。

咦？你怎會知道的？

10

你的說話令我一頭霧水了。

嘿嘿，5分鐘後，保證你會說太簡單了。

1 → 2 → 3 → 4 → 5 → 6

把推理按順序1至6說出來不難理解。不過如果由起點1直接跳去結論6，人們大多會被嚇一跳。

你說快點，別故弄玄虛！

你真是沒耐性……

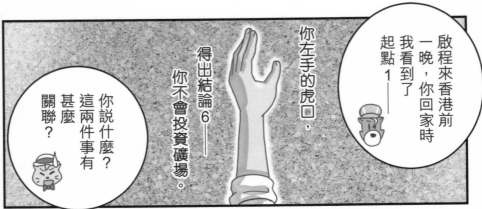

啟程來香港前一晚，我看到了起點1——

你左手的虎口，得出結論6——你不會投資礦場。

你說什麼？這兩件事有甚麼關聯？

這是因為我省略了2至5。

現在我順序說一次吧。

當晚你左手的虎口沾了白粉。

證明你打過桌球，那是穩定球桿用的粉末。

12

這證明你見過瑟斯頓，因為你只會跟他打桌球。

我愛桌球♥

你說過瑟斯頓曾邀你合資，投資南非礦場。

我們合資吧。

你的支票簿一向鎖在我的保險箱裏，但你最近沒問過我開保險箱，證明不會動用大筆資金。

所以我知道你不會投資礦場。

你不會投資！

啊！

14

我朋友在信中說這間叫香港華人西醫醫院。

這裏新開張缺少西醫，他一向喜歡東方文化，馬上就應聘了。

他還在赴港的郵輪上認識了現任妻子，真幸運啊。

所以你建議來香港度假，順道探望他。

對。

啊，希爾頓這麼早就到了。

他怎麼愁眉苦臉的？

怎麼了，工作不順利嗎？

啊，華生！抱歉，我太失禮了。

還是被太太管束得太厲害，想悔婚了嗎？

沒這樣的事啦。

只是最近遇到一件離奇的事情⋯⋯

離奇的事情？

莫非你就是華生經常提起的偵探福爾摩斯？

正是本人。

久聞大名，我聽過很多你的事跡呢。

我最喜歡探究奇事，可以說來聽聽嗎？

唔？

他總愛多管閒事，你不方便可以不答的。

竟說這種話？你忘了自己的支票簿在哪裏嗎？

……

17

助人為快樂之本！請說吧。

其實……

我有個解不開的難題，或許福爾摩斯先生可以幫忙。

是這樣的。

請看看這張紙條，你怎樣解釋它？

福爾摩斯先生，你可以告訴我這些畫有什麼意思嗎？

這是小孩的塗鴉嗎？

我也不清楚。

可是我的妻子……

乍看只是手舞足蹈的火柴人而已。

她看到這畫卻顯得非常害怕。

看到一張童趣塗鴉竟感到害怕？

難道當中有甚麼內情？

心事重重

P.6

你怎麼心事重重似的？

沒事……

四畫

「重重」讀「cung4 cung4（蟲蟲）」，有一層又一層的意思，代表有很多思慮，弄得心緒不寧。

例句：老師察覺到小明心事重重的樣子，細問之下才發現他被同學欺凌。

右面幾個成語中的「重」字，你知道該怎樣讀嗎？請從
Ⓐ「cung4（蟲）」
Ⓑ「cung5」
Ⓒ「zung6（仲）」
裏面選出正確讀音。

重男輕女 ＿＿＿　　　重修舊好 ＿＿＿

舉足輕重 ＿＿＿　　　德高望重 ＿＿＿

重蹈覆轍 ＿＿＿　　　避重就輕 ＿＿＿

語重心長 ＿＿＿　　　故技重演 ＿＿＿

一頭霧水

形容對某事物感到莫名其妙，摸不着頭腦。

一畫

P.11

例句：雖然政府專家對疫苗已多番說明，但很多市民仍然一頭霧水，分不清楚哪些較適合自己。

嘿嘿，5分鐘後，保證你會說太簡單了。

你的說話令我一頭霧水了。

這裏有十二個調亂了的字可組成三個四字成語，而每個都包含一個「霧」字，你懂得把它們還原嗎？

雲霧騰駕
中霧慘五
雲霧里愁

我的答案：
① ＿＿＿＿＿＿＿＿＿
② ＿＿＿＿＿＿＿＿＿
③ ＿＿＿＿＿＿＿＿＿

愁眉苦臉

他怎麼愁眉苦臉的？

臉色悲苦、眉頭深鎖，形容人展露出憂愁表情。

例句：看到老闆愁眉苦臉的表情，就知道最近的銷售成績並不樂觀。

這裏有四個包含了「眉」字的成語，請在空格填上正確答案。

眉清□秀　火燒眉□

□眉怒目　吐□揚眉

久聞大名

主要用作初次見面時的客氣說話，表示早就聽過對方的盛名。

例句：「蔡先生，久聞大名，歡迎光臨小店。」看到知名食評家到訪，餐廳店主連忙殷勤招待。

莫非你就是華生經常提起的偵探福爾摩斯？

正是本人。

久聞大名，你的事跡我聽過很多呢。

我最喜歡探究奇事，可以說來聽聽嗎？

唔？

以下幾個成語都是見面時說的客氣話，你知道它們有甚麼意思嗎？請把正確答案連在一起。

恭敬不如從命　●　　●　請求對方幫忙

洗耳恭聽　●　　●　接受對方款待

不情之請　●　　●　讚揚對方給自己獲益

共君一夕話，勝讀十年書　●　　●　專心聆聽對方教誨

恐嚇的信息

字條上沒有隱形文字，看來謎底就是這些圖案。

你能解讀嗎？

現在仍言之尚早，另外我想先了解多點背景資料。

好的，且聽我道來。

甚麼意思？

此事關係到尊夫人，我們必須對她有所了解吧。

24

在船上，我結識了妻子艾爾茜·李。

我上任前去過紐約，是從那裏乘郵輪來香港的。

她的祖父是中國移民，所以有個華人姓氏。

我們在旅途上談得很投契，很快就墮入愛河了。

在抵達的前一天，我怕下船後會失去她，所以鼓起勇氣……

艾爾茜。

25

你答允了她的條件？

是，我知道她不會說謊。而我亦一直遵守諾言，從不過問。

我們生活得很愉快，一直相安無事。

直至一個月前，煩惱的預兆出現了……

那天艾爾茜收到一封紐約寄來的信，她看過立刻臉色刷白，馬上把信燒了。

因為僕人先把信交給我，我看到郵票和郵戳。

你怎知是紐約寄來的？

很好，你的觀察力對調查很有幫助。

Miss Elsie Lee
60 Severn Road,
The Peak,
Hong Kong

艾爾茜絕口不提那封信，我為了守諾亦不便追問。

但她那時開始有點神不守舍，總是戰戰兢兢的。

上星期一個早上，我們如常去山頂公園散步，她卻突然非常恐懼，被嚇得匆匆離開。

可惜信已被燒掉，否則一定能看出甚麼端倪。

突然感到恐懼？

難道她看到了甚麼東西？你留意到嗎？

練拳？甚麼意思？

是本地人的運動，不像西洋拳，比較像體操。

當日就像平時那樣，除了我倆之外……

只有幾個晨運客，在草坪上做體操和練拳。

尊夫人怎會被體操嚇得匆忙離開？

她會不會看見一些你沒注意的東西？

也許吧，我當時只關心艾爾茜，沒留意其他事情。

不過一天後，我在家中一個窗台邊發現幾個用粉筆畫的火柴人。

初時我以為只是惡作劇，就命僕人用水刷掉了。

但當我向艾爾茜提起時,她卻顯得非常緊張。

她還說日後見到那些圖案,必須先讓她看看。

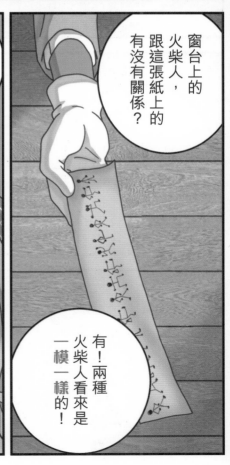

窗台上的火柴人,跟這張紙上的有沒有關係?

有!兩種火柴人看來是一模一樣的!

那確實有點詭異。

你是怎樣收到這張紙條的?

我把紙條交給艾爾茜，沒想到她一看就昏倒了。

三天前，我在僕人交來的那疊信中找到的，估計是有人塞進我家信箱內。

……這樣看來

火柴人肯定包含着某種恐嚇或威脅的信息。

既然是恐嚇，不如去報警吧。

我已報警了。

但警察只認為是惡作劇，不願意出手調查。

火柴人信息只有尊夫人看得懂，她不透露實情，警方也無法立案。

真的不能請她把當中信息告訴你嗎？

我得遵守諾言，只能自己想辦法。

既然如此，我們一起想吧。

我估計火柴人是一種語言系統，只要弄清楚法則，自然能夠解讀了。

不要緊，恐嚇者一定會傳遞更多信息給尊夫人，請務必把它們記錄下來。

可是我只有這一張。

不過我必須要有足夠的火柴人圖像做分析。

好的，我收集到足夠樣本就馬上拿給你看。

嗯，我隨時恭候。

反正來了香港……

鳴，想不到來探朋友也會遇上麻煩事。

我們就一邊遊覽一邊等消息吧。

34

一星期後

福爾摩斯先生！

嗞嗞嗞

希爾頓？

那傢伙？

那傢伙出現了！

你臉色很差，怎麼了？

恐嚇艾爾茜的人！我本來可以抓住他……

豈料被艾爾茜阻撓，讓他逃脫了！

怎會如此？

……說來話長

上星期跟你見面後，第三天又見到雜物房門上畫了一排新的火柴人。

由於雜物房在後花園旁邊，我估計是有人在夜裏攀過圍欄走過去畫的。

我把家中出現過的火柴人都畫下來了。

做得好。

接着發生了甚麼事？

36

我把門上的火柴人擦掉，可是兩天後那裏又出現一排新的火柴人。

於是我又抄下來了。

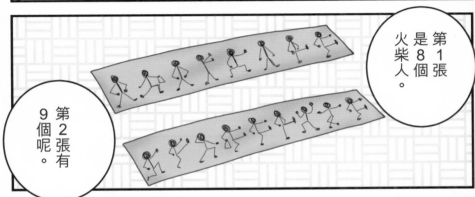

第1張是8個火柴人。

第2張有9個呢。

你有把紙條給尊夫人看嗎？

我怕她受驚，故意沒給她看。可是三天後……

僕人在信箱又發現紙條，畫的火柴人竟然跟我臨摹下來的一模一樣！

僕人把紙條交給我時，不巧被艾爾茜看到了。

她驚恐地看了一眼，就把紙條燒掉了。

沒錯，我一定要逮住恐嚇艾爾茜的傢伙！

於是我在書房埋伏，看看是誰在搞鬼！

燒掉了？

那麼肯定是寫了恐嚇的說話。

你的書房可以看到雜物房嗎？

我的書房面向後花園，就在雜物房斜對面。

昨晚凌晨2點左右，我看到一個黑影站在雜物房前，好像想在門上寫甚麼……

不要……再問了。我只是……

你為何要阻止我？

怕你會遭遇不幸啊！希爾頓！

會遭遇不幸？

完美無瑕

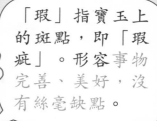

例句：一顆完美無瑕的鑽石，須經過高難度的精心打磨，所以售價非常昂貴。

「瑕」指寶玉上的斑點，即「瑕疵」。形容事物完善、美好，沒有絲毫缺點。

P.27

請填上空格，完成這個成語接龍遊戲。

完美無瑕
□　不　　刮
美　掩　人□目□看
奐　□

七畫

你是個完美無瑕的人，認識到你是我一生的福氣。

而我的人生雖有污點，但我沒做過違背良心的事，你不用擔心。

不過我曾經與一些社會敗類糾纏不清，我實在不想再提起。

所以你必須保證，無論如何也不會過問我的過去，可以嗎？

糾纏不清

P.27

以下四個成語都與「清」字有關，請填上空格，完成這個「十」字型填字遊戲吧。

　　旁
　　□
　　者
玉□冰清廉□直
　　閒
　　□
　　在

八畫

「糾纏」意思是纏繞在一起，全句指很多事情互相纏繞，分不清楚。

例句：公共機構每個部門分工一定要清晰，要是各自的權責糾纏不清，市民就不知要到哪個部門求助了。

以下四個成語中隱藏了另一個四字成語，你懂得把它找出來嗎？（請圈出答案，但只許在每個成語中圈出一個字）

相安無事
以己度人
非分之想
抱殘守缺

相安無事

「安」指安定、平安，意即相處得非常平安，沒有衝突。

我們生活得很愉快，一直相安無事。

直至一個月前，煩惱的預兆出現了……

P.28

例句：奧匈帝國與塞爾維亞王國原本相安無事，但一次暗殺事件令兩國關係急轉直下，導致第一次世界大戰爆發。

戰戰兢兢

「戰戰」是恐懼得發抖的樣子，「兢兢」則是小心謹慎。既感到懼怕又小心行事。

例句：一間國際大企業招聘員工，所有應徵者都戰戰兢兢地進行面試，希望獲得一份收入豐厚的工作。

艾爾茜絕口不提那封信，我為了守諾亦不便追問。

但她那時開始有點神不守舍，總是戰戰兢兢的。

P.29

這裏有八個由兩組疊字組成的成語，你懂得把正確答案連在一起嗎？

形	辛	沸	堂	朝	鬼	支	熙
形	辛	沸	堂	朝	鬼	支	熙
●	●	●	●	●	●	●	●
●	●	●	●	●	●	●	●
正	崇	色	攘	苦	暮	揚	吾
正	崇	色	攘	苦	暮	揚	吾

艾爾茜的回應

我怕你會遭遇不幸啊!

此話何解?難道犯人是危險人物?

她不肯正面回答,我也無可奈何。

不過我把畫在雜物房牆上的新火柴人臨摹下來了。

畫在牆上?但那黑影不是停在雜物房門前的嗎?那該是畫在門板才對呀?

我也感到奇怪，而且這些火柴人比之前的大得多，生怕別人看不見似的。

生怕別人看不見？

那堵牆是面向甚麼地方的？

我家背山而建，那堵牆面向一個小斜坡。

那麼，站在小斜坡上可看到那堵牆吧？

應該可以……為何這樣問？

甚麼意思？

看來繪畫這5個火柴人的，是另有其人。

還不明白嗎？這些火柴人是你家裏的人畫的！

甚麼？

為何這樣説？

我們比較一下兩種火柴人，就可得出這結論了。

門板上的火柴人	牆上的火柴人
①只有一根手指大小。 繪畫者並不擔心接收 信息的人看不見, 所以無須畫得太大。	①比手掌還要大。 繪畫者擔心接收 信息的人看不見, 所以畫得那麼大。
②門板面向大宅。 繪畫者想屋內的人看到, 所以把火柴人畫在 面向大宅的門板上。	②牆面向小斜坡。 繪畫者想屋外的人看到, 所以把火柴人畫在 面向斜坡的牆上。
③兩次分別是8個 和9個火柴人。 繪畫者要說清楚目的, 所以信息量較多。	③只有5個火柴人。 繪畫者只是回應 門板上的火柴人, 所以信息量毋須多。

所以牆上
那些火柴人,
應該是屋內
的人所畫。
而且……

我認為那人正是
丘比特太太!

有道理。

剛才推斷火柴人是給丘比特太太看的，當然是她了，那回應的。

……

怎會

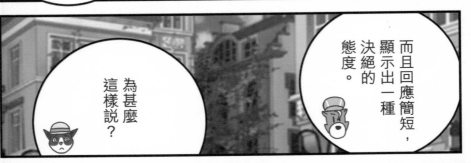

而且回應簡短，顯示出一種決絕的態度。

為甚麼這樣說？

如果一個人受到威脅，通常會有四種反應。

Ⓐ 無視

Ⓑ 接受

Ⓒ 拒絕

Ⓓ 和解

尊夫人不但懂得利用火柴人暗號，更認識那威脅者，知道他並非善男信女。

不過威脅者也有所顧忌，並不想別人識穿他的身份和企圖。

否則他該會以更直接的方法作出威脅。

54

嘿嘿。

時間緊迫，立刻開始破解工作吧。

其實我早幾天已找到方向，只是材料不足，無法解讀罷了。

你有信心一天之內解讀到嗎？

現在已有足夠樣本，

今天內應該能夠破解。

撕

⋯⋯

難道火柴人是代表英文字母？

他在幹甚麼？

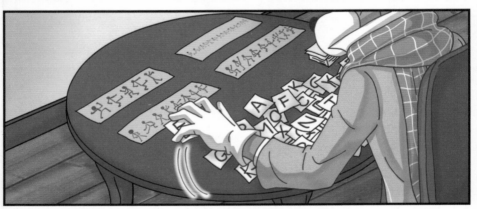

似乎很順利呢。

56

黃昏

嘿嘿！

終於給我看懂了！

嚇我一跳！

甚麼？你破解密碼了嗎？

對。不過我要趕去發個電報，你先吃晚飯吧。

電報？

夜晚

我回來了。

發個電報要花那麼多時間嗎？

又在關鍵時刻把我蒙在鼓裏，害我乾着急！

紐約警察局。

甚麼？難道此事跟紐約的罪犯有關？

嘿嘿，可謂關連重大呢。

我等了3個小時才收到回覆啊。

啊？等誰的回覆？

59

你在香港也有熟人？

其實你也認識他。

之後我又去中環警局，找了個熟人幫忙調查。

是瓊虎警司，在綁票案後，他就申請調來工作了。

原來是他。那麼有沒有收穫？

＊請參閱小說版《大偵探福爾摩斯39 綁匪的靶標》。

我好累啊，明天再說，晚安。

又在賣關子，真討厭！

60

翌晨

是丘比特先生派人送來的。

這麼晚還捎信來，難道有急事？

咦，門口有封信呢。

福爾摩斯先生：

您好！請原諒我這麼晚還要打擾您。今晚10點左右，我家僕人在後花園的地上看到一隻紙飛機，她撿起來打開一看，發現紙上畫了兩排火柴人。我和內子都看了，她驚恐得掩面痛哭，但依然不肯告訴我內情。我從內子的表情感覺到，這次的信息非比尋常，所以馬上命僕人把紙飛機送上，請你看看這些火柴人包含了甚麼信息。

丘比特敬上

……

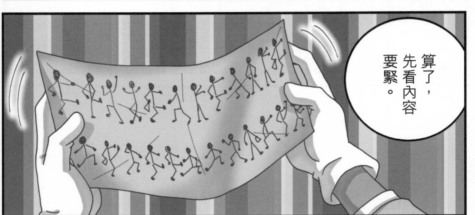

無可奈何

「奈何」解作「怎麼辦」，表示面對眼前的情況沒有任何辦法。

P.46

啊！我怕你會遭遇不幸

此話何解？難道犯人是危險人物？

她不肯正面回答，我也無可奈何。

以下幾個成語都有「沒有辦法」的意思，請在空格填上正確答案。

無計□□

□□無策

一籌□□

□□技窮

例句：那名病人的癌症已經到了末期，家屬也只能無可奈何地接受無法治療的事實。

十二畫

嫉惡如仇

P.54

非常憎恨壞人壞事，就像憎恨仇敵一樣。

他一向嫉惡如仇，眼見妻子被威脅，滿腔怒火也是人之常情吧。

你朋友真固執，希望他不會輕舉妄動。

例句：小說《水滸傳》中的主角們都是嫉惡如仇的英雄，卻被貪官迫害而逃上梁山。

十三畫

運用明喻法，以「如」字作為喻詞的成語有很多，你能從「畫、山、土、飛、焚、雷、子、流」中選出正確的字填上空格嗎？

愛民如□　暴跳如□　從善如□　軍令如□

揮金如□　健步如□　心急如□　江山如□

無法阻止的慘劇

怎會有警察，難道已出事了？

福爾摩斯！

瓊虎警司在嗎？我有急事找他。

瓊虎警司

你來得正好。

我正想找你幫忙呢。

情況很嚴重嗎？

……啊啊

……怎會這樣

很不幸，正是他。

一槍正中心臟斃命。

真是命運弄人。

要是酒店的人送信時叫醒我，這宗血案就可避免了。

此話何解？

……事情是這樣的

69

……信上的暗號，大意就是「艾爾茜，準備見上帝吧」。

ELSIE PREPARE

TO MEET THY GOD

紙飛機的暗號竟然是這個意思！

這麼說應該是有人對丘比特太太不利才對。

可是兇手怎會變成她自己？

甚麼？

你說兇手是她自己？

據兩個女僕說，她們在1樓睡房聽到兩下槍聲，

……於是立刻下來查看

卻發現丘比特先生已死，丘比特太太則倒在地上奄奄一息。

由於兩夫婦最近經常爭執，她們就認為是太太槍殺丈夫後吞槍自盡。

知人知面不知心，你怎知道她的想法？

據我所知他們感情很好，丘比特太太沒理由這樣狠心殺夫啊。

我們在書房發現一個裝着500元美金的公文袋。

所以懷疑兩人因金錢問題起爭執。

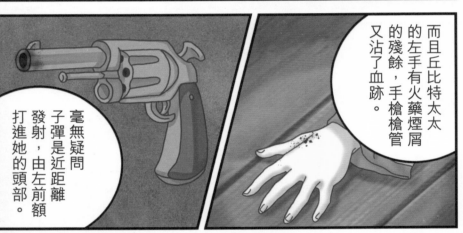

而且丘比特太太的左手有火藥煙屑的殘餘，手槍槍管又沾了血跡。

毫無疑問子彈是近距離發射，由左前額打進她的頭部。

她已被送院了吧，但丘比特先生的遺體還在嗎？

剛才已經搬走了。

你們要看看案發現場嗎?

好的。

就是這個面向後花園的書房。

哪個是丘比特先生？

正中的那個。

他的傷口沒沾上煙屑，證明並非近距離被擊中。

我們推測丘比特太太槍殺丈夫後畏罪自殺，她倒下時手槍就掉在兩人中間。

丘比特太太是左撇子，所以手槍也掉在接近左手的位置，這個推斷似乎很合乎邏輯。

⋯⋯

那間應該就是丘比特先生所説的雜物房。

啊，他就是埋伏在這裏監視那個神秘人。

我可以找那兩個女僕問話嗎？

據女僕説，窗是一直關着的。

這扇窗案發時是關着的嗎？

夫婦兩人的衣着呢？

都穿着睡衣。

兩人都在1樓，我可以叫她們下來。

我們上去吧，順便觀察一下環境。

沒問題。

↑向山

客房	客房	客房	客房
女僕金太太的睡房	女僕桑德斯的睡房	客房	丘比特夫婦的睡房

↓向海

1樓走廊兩邊共有8個房間，4間向山、4間向海。

丘比特夫婦和兩個女僕，分別住在3間向海的睡房。

其餘5個都是門窗緊閉的客房。此外，樓下的其他門窗也同樣關着，不像曾被人入侵。

76

你好。

她叫桑德斯，請隨便發問吧。

恕我單刀直入，請問你是怎樣知道樓下發生了事的？

昨晚3點左右，突然一聲巨響把我吵醒了。

我不知道發生甚麼事，於是馬上穿衣服，準備去查看一下。

當我剛穿好衣服時，又聽到一聲巨響，但好像沒第一次那麼響亮。

我嚇了一跳，馬上衝出房門，這時金太太也出來了。

於是你們一起下樓了？

不，我們有點害怕，所以先找到主人房找丘比特先生。

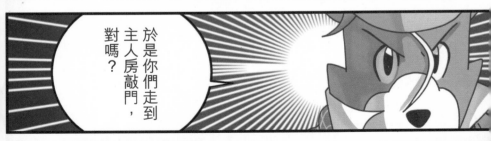

於是你們走到主人房敲門，對嗎？

不，房門是開着的，房間內根本沒有人。

窗呢？那扇向海的窗有沒有開着？

那麼，樓下的門窗呢？

窗？應該有吧？最近天氣熱，我們都習慣開着窗睡覺。

都關着。主人千叮萬囑，叫我們睡覺前必須把樓下所有門窗關上。

福爾摩斯為何那麼在意門窗？

你們找不到主人，接着怎樣？

就——接着我們

噢，對了。

你們下樓前有聞到甚麼特別的氣味嗎？

氣味？

有……有一股火藥的氣味。

你肯定？我是指下樓前，不是下樓後啊。

我肯定！其實我一踏出睡房門時已聞到了。

我們下樓後，立刻去書房，發現書房門也是開着的，怎知……

我們一進去就看到……

不必再説了，好好休息吧。

接下來問一下金太太，看看口供是否一致。

……兩人的口供看來沒甚麼差異。

為甚麼你不問她們進入書房後的事？那不是更重要嗎？

只要稍加觀察，我完全想像得到書房的情景，何必追問下去令她們傷心呢？

況且我已確認了最重要的事——那股火藥的氣味。

開槍後自然會有火藥氣味，有何出奇？

出奇在於——

為何身在1樓的女僕，一打開房門就聞到那股味道？

氣味會在空氣中傳播，這很正常呀？

莫非……

不，如果沒有風，氣味不可能這麼快傳到1樓——

沒錯！

案發時，那扇窗是開着的！

丘比特先生在響第一下槍聲時已死了，如果案發時這扇窗是開着的，

關窗的人就一定是丘比特太太。可是她為甚麼要這樣做？

即是說外面的風吹進來，火藥氣味就迅即被吹到1樓去了？

睡房

空氣

書房

沒錯。

由於屋內其他門窗都關上了，在空氣的對流作用下，火藥氣味只會被吹到開着窗的睡房那邊。

不，我們應該先問她為何要開窗。

甚麼？

女僕們說過丘比特先生吩咐她們睡覺前必須把樓下所有門窗都關好。

窗要開了才能關，那麼丘比得太太為何要半夜下來打開這個窗呢？

且慢，我們不能肯定開窗的也是她啊。

對，或許是希爾頓半夜睡不着下來看書，覺得天氣熱就打開了窗呀。

蒙在鼓裏

十四畫

與樂器有關的成語有很多，你懂得這幾個嗎？請於空格填上跟樂器有關的字。

對牛彈□

吹大□□

□外之音

擊鼓鳴□

鼓的意思，比喻被包在鼓裏面的意思，比喻不知道事情真相。

P.59

又在關鍵時刻把我蒙在鼓裏，害我乾着急！

例句：1941年日軍偷襲珍珠港，駐守的美軍事發前一直被蒙在鼓裏，以致傷亡慘重。

奄奄一息

例句：救援人員合力清理塌樓現場的瓦礫，把奄奄一息的傷者抬了出來。

P.71

奄奄一息。

卻發現丘比特先生已死，丘比特太太則倒在特地上。

由於兩夫婦最近經常爭執，她們就認為是太太槍殺丈夫後吞槍自盡。

「奄奄」是氣息微弱的樣子，形容性命垂危，只剩最後一口氣。

八畫

這裏有十二個調亂了的字可組成三個四字成語，而且每個成語都有個「一」字。你懂得把它們還原嗎？

舉一失背
此無萬水
戰一多一

我的答案：

①＿＿＿＿＿＿＿＿＿＿

②＿＿＿＿＿＿＿＿＿＿

③＿＿＿＿＿＿＿＿＿＿

86

威脅者的身份

真的！

竟然嵌在窗框下的死角！

讓我看看。

你是怎樣發現的？

我一直在找呀。你們只在看，沒有找，當然沒發現。

如此一來，現場共有3個彈頭了。那麼第3槍是誰開的？

問得好。你們發現的手槍只開了兩槍，證明當時還有另一支槍，我們必須重新推理案情。

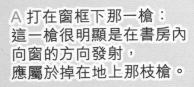 打在窗框下那一槍：
這一槍很明顯是在書房內
向窗的方向發射，
應屬於掉在地上那枝槍。

B 打中丘比特太太左額那一槍：
由於這一槍是近距離發射，
加上她左手留下的火藥煙屑，
證明這一槍也是屬於地上那枝。

C 擊斃丘比特先生那一槍：
前兩槍已證實是地上那枝
手槍發射的，所以這一槍
應該是屬於另一枝槍的。

由此可推斷……

殺死丘比特先生的是另有其人！

可是為甚麼兩個女僕都只聽到兩下槍聲呢？

原因很簡單，當C這一槍打出時，A也同時打出，兩下槍聲就重疊了。

開槍擊斃丘比特先生的會是誰？

一定是那個神秘人！

丘比特先生曾在這裏埋伏神秘人，所以我早就懷疑這裏發生過駁火。

所以你一進來已在找駁火痕跡！

沒錯，我很快就找到窗框下的彈孔，只是太難發現，警方沒看到而已。

91

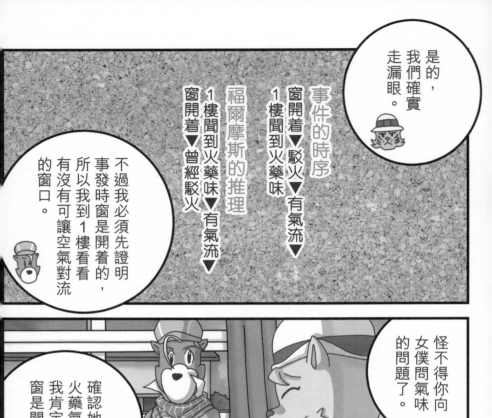

是的，我們確實走漏眼。

事件的時序

1樓聞到火藥味▼窗開着▼駁火▼有氣流▼

福爾摩斯的推理

1樓聞到火藥味▼窗開着▼曾經駁火

不過我必須先證明事發時窗是開着的，所以我到1樓看看有沒有可讓空氣對流的窗口。

怪不得你向女僕問氣味的問題了。

確認她們聞到火藥氣味，我肯定這裏的窗是開着的。

我估計丘比特太太瞞着丈夫，約了神秘人在此見面，準備付錢把他打發掉。

那個裝着500元美金的公文袋就是物證。

不過這會面卻被丘比特先生撞破，於是發生了駁火。

不幸的是丘比特先生中槍身亡，他開的一槍卻沒打中神秘人。

神秘人事敗逃走，丘比特太太怕他會掉頭回來，就馬上把窗關上。

可是她發現丈夫已死，心碎之下就吞槍自殺了。

甚麼？

不必查探，我已知道他在哪裏。

有道理。

可惜我們無法向她查探神秘人的行蹤……

我已破解火柴人信息，那人名叫*阿貝·斯萊尼。

阿貝·斯萊尼？

*Abe Slaney

我向紐約警方查問艾爾茜和他的關係時，還得到意外的情報。

原來艾爾茜的父親綽號鐵拐李，是唐人街黑幫青龍會的首領。

阿貝是幫會頭目之一，特徵是左前臂有一條仿如閃電的刀疤……

所以人稱閃電手阿貝。

94

年前，鐵拐李病逝……

艾爾茜在父親的葬禮後突然失蹤。

兩個月後，幫會中人為爭權而內訌……

阿貝殺了幾個同門後被警方通緝。

阿貝上個月登上郵輪逃往香港，很可能寄居在一間武館之中。

原來如此。

難怪艾爾茜不肯透露身世。

不過我不明白，阿貝說他在郵輪亞蓋爾號上，但這艘船不在香港啊。

(AT ARGYLE)

而且他寫「AT」不是「ON」，美國人怎會犯這種文法錯誤？

除了亞蓋爾號，ARGYLE也是香港的街名啊。

甚麼？

ARGYLE STREET
街老皆亞

是在九龍旺角區的亞皆老街。

AT ARGYLE 嗎？

哈哈哈！你完全搞錯了。

甚麼？搞錯了？

那麼他肯定藏身在那條街一間武館了。

丘比特先生說過，艾爾茜看到人練拳時非常驚慌，看來那練拳者其實是神秘人的信差。

啊！火柴人的動作就像打拳！

沒錯，要在武館找一個這樣的信差輕而易舉。

亞皆老街的武館嗎。

我馬上召集人馬徹底搜查！

不，這樣會**打草驚蛇**，傷及無辜就不好了。

只要我們不動聲色地逐一調查那裏的武館，把阿貝找出來絕非難事。

這也好，不必勞師動眾就最省事了。

我查到這條街共有4家武館，我們裝成遊客，逐一搜查吧。

ARGYLE STREET
亞皆老街

剛才經過第3家武館時，我聞到一股特別的氣味，我總覺得那氣味似曾相識……

這是第4家了。

有甚麼發現嗎？

連你也想不出是甚麼氣味？

我想起來了！

那氣味很陌生，但我好像最近聞過……

啊，這是煮中藥的氣味，一般中醫館都聞得到。

就是這隻紙飛機！

甚麼？讓我嗅一下。

99

怪不得我從未聞過了。

但為何練拳的地方會有這種氣味？

香港有很多武術師傅也是中醫師，你說那家可能正是兼營中醫的武館。

那一定是煮中藥的氣味滲到紙上……

毫無疑問，阿貝就是藏身在那裏！

太好了！我們馬上去搜捕吧！

阿貝昨夜慌忙逃走，應該不知道艾爾茜自殺垂危。

只要我以她的名義寫一張火柴人字條，他一定會走出來。

且慢，武館的人都孔武有力，遇上反抗就麻煩了。

有道理，但你有何提議？

好計！

請等我一下。

啊！

小朋友，可以幫叔叔送信嗎？

好呀！

這幾塊錢是酬勞，你把信送到那家武館，說是艾爾茜小姐叫你送去的。

我們到那邊街角埋伏吧。

好的。

你們準備好，相信阿貝很快就會出來。

咿呀——

武館

奇怪，已過了10分鐘還未有動靜⋯⋯

難道他不在武館？

是誰?

砰!

不動聲色

「聲色」指聲音和表情，意即心中所想不會從語氣神態中表露出來，沒有動靜。

你可以完成這個成語接龍遊戲嗎？請在方格填上正確答案。

□兵不動聲色犬□□勞

三畫

P.98

不，這樣會打草驚蛇，傷及無辜，就不好了。

只要我們不動聲色地逐一調查那裏的武館，把阿貝找出來，絕非難事。

這也好，不必勞師動眾就最省事了。

例句：一名特種部隊隊員不動聲色地潛入那間廢屋，把被劫匪脅持的人質救了出來。

勞師動眾

這裏的四個成語全部缺了一個字，請在空格填上正確答案。

十二畫

「師」即是軍隊，原意為出動大批軍隊前往打仗，現在也指調動大量人手去做一件事情，有小題大做的負面意思。

勞苦□高
出師不□
驚□動魄
□合之眾

例句：現在政府發佈訊息不用勞師動眾，只須在網上發佈一條短片已有很高效益。

P.97

輕而易舉

事情非常易做，毫不費力的意思。

例句：獵豹是世上最快的陸上動物，時速可達120公里，要追上逃跑的獵物簡直輕而易舉。

輕而易舉
□
□
艱□□鬥
□
□
勇

這是一個以四字成語來玩的語尾接龍遊戲，大家懂得如何接上嗎？

啊！火柴人的動作就像打拳！

沒錯，要在武館找一個這樣的信差，輕而易舉。

孔武有力

「孔」解作「非常」，全句意為非常勇猛、很有力量。

例句：李小龍雖然看起來塊頭不大，但他曾經擊倒不少孔武有力的格鬥高手。

P.101

這裏有四組意思相反的成語，大家可以連線把正確的組合配對起來嗎？

孔武有力 •　　• 畏首畏尾

風馳電掣 •　　• 愚昧無知

足智多謀 •　　• 弱不禁風

勇往直前 •　　• 蝸行牛步

且慢，武館的人都孔武有力，遇上反抗就麻煩了。

有道理，但你有何提議？

破解密碼

嗟

咔嘞

休想搶槍！

啪！

幸好艾爾茜撿回一命，但現在仍然昏迷中。

不，他說的是事實。

甚……甚麼？

竟然騙我！有種就跟我堂堂正正打一場！

見艾爾茜。

……求求你們……

帶我去……

但條件是你要把整件事情和盤托出。

我答應你。

怎樣？

沒問題。

114

回到警局後，懷悔的阿貝非常合作，清楚交代了事情的來龍去脈。

阿貝是鐵拐李收養的孤兒，與艾爾茜是青梅竹馬的玩伴。

鐵拐李一直想招阿貝為婿，但艾爾茜只當阿貝是哥哥，沒有答允。

鐵拐李死後，艾爾茜趁機離家出走，擺脫她討厭的黑幫家族。

不久，被通緝的阿貝查得艾爾茜去了香港，就寫信告知會找她再續前緣。

一個月後阿貝偷渡抵港，但礙於帶罪之身不便張揚，就以幫會用的密碼向艾爾茜傳話。

〈NEVER〉

然而生活幸福美滿的艾爾茜卻堅拒會面。

阿貝看到她的回應後大怒，就以紙飛機作最後警告。

於是艾爾茜準備了500美元分手費，約他深夜到書房的窗旁見面。

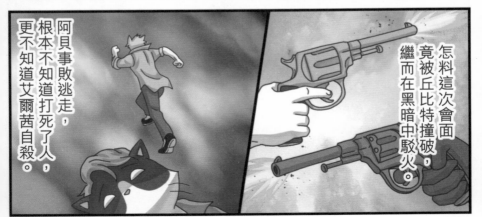

怎料這次會面竟被丘比特撞破，繼而在黑暗中駁火。

阿貝事敗逃走，根本不知道打死了人，更不知道艾爾茜自殺。

118

現在悔恨已太遲了。

擦乾淨脖子，等上絞刑台，吧。

早知如此，我就不來找她了。

不過你是如何破解密碼的？

可以解釋一下嗎？

事情總算**真相大白**了。

其實當你察覺火柴人是代表英文字母，就很容易解讀當中意思了。

但你仍得找出每個火柴人代表的字母呀？

在英文中，出現得最頻繁的字母是「E」。
所以我看到第一張紙條有4個動作一樣，
已幾可肯定它們都代表「E」。
另外有3個火柴人拿着手帕，我推測那是代表
間隔，這句話可分為4個生字。

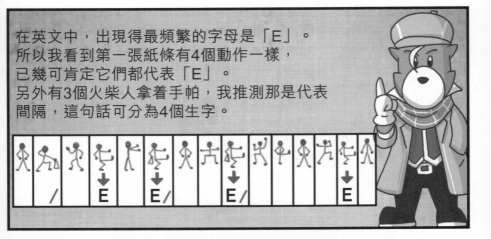

不過接着的T、A、O、I頻繁度差不多，很難判別。
這時丘比特先生剛好帶來3張新的紙條，
當中丘比特太太留下的5個字母裏，就有2個是E。
我分析過這是拒絕的回應，符合條件的只有
「NEVER」一字，這樣我就找到N、V、R了。

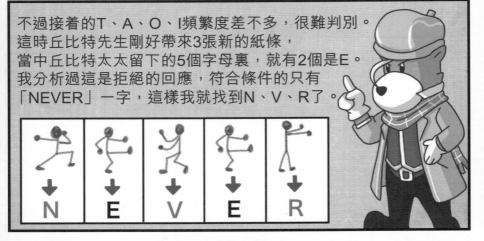

我猜想威脅者與丘比特太太是認識的，
於是我嘗試找出她的名字ELSIE，想不到
很快就找到一個頭尾皆是E的5字單詞。

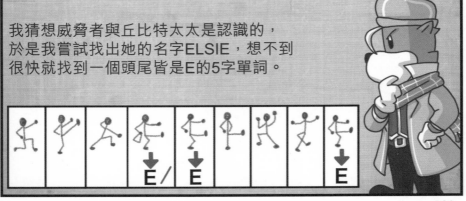

由於這信息是威脅者寫給丘比特太太的，
所以第一個字應該是某種命令，
我估計是COME。就這樣，我已找到
「E、N、V、R、L、S、I、C、O、M」了。

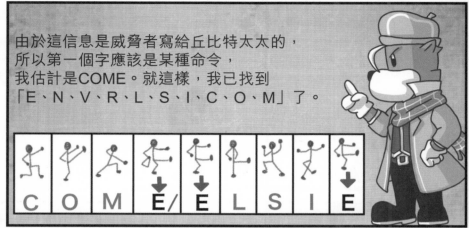

C O M E/ E/ L S I E

把這些字母代入第3條信息，
立刻猜到頭兩個字是「AM HERE」。
信息中還有2個A字，代入看看得到甚麼結果？
沒錯這就像個人名，而且能代入的常用英文姓名
就只有……

A M H E R E A E/ S L A N E

阿貝・斯來尼
（ABE SLANEY）！

對。

所以我馬上
發了封電報，
叫艾爾茜
的出身地，
紐約的警察局
幫忙調查。

A M H E R E A B E/ S L A N E Y

而且手上的字母足夠了，我馬上就拼出剩下那張紙條的意思。

原來如此。你能靠一個「E」找出所有密碼，實在了不起！

雖然這次破了案，但我無法阻止慘劇，令你失去了一個好友，這是最遺憾的。

唉……艾爾茜又仍然昏迷，不知何時才會醒來……

丘比得太太奇蹟地甦醒過來了，而且醫生發現她已懷有丘比特先生的孩子。她仍非常傷心，但已表示不會再尋死了。

半年後

福爾摩斯先生，是香港寄來的信。

……太好了

希爾頓的孩子!?

世事真玄妙呢。你放心吧，她能撐過去的。

幾個月後，當倫敦公園的杜鵑盛開之時，兩人再次收到瓊虎的來信……

123

丘比特太太的孩子出生了，母子平安，小嬰兒也非常可愛。

看到丘比特太太歡欣的樣子，我知道她已逐漸走出悲傷，請你們不用擔心。

瓊虎

解碼緝兇
完

火柴人密碼對照表

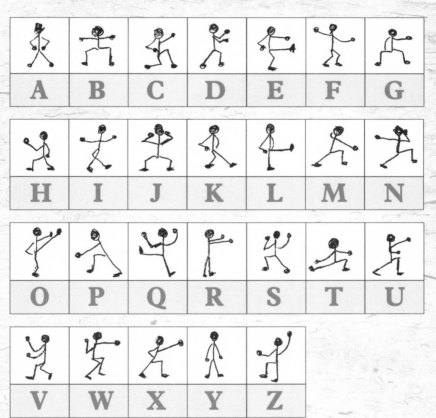

科學小知識

【海風與陸風】

在氣象學上，「海風」是指白天從海洋吹往沿海陸地的風。反之，「陸風」則是指晚間從沿海陸地吹往海洋的風。這兩種風主要是由於氣溫的變化而形成的。

在日間，太陽照射着陸地和海洋，由於陸地受熱快，空氣膨脹（空氣密度減少）上升，令陸地的氣壓下降。反之，海洋受熱慢，氣壓比陸地高，空氣就會由氣壓較高的海洋流向氣壓較低的陸地了。這股氣流，就是海風。

不過到了夜晚，陸地散熱較快，空氣收縮（空氣密度增加），上空的空氣就向下沉，令陸地的氣壓增高。相較之下，由於海洋散熱較慢，其氣壓反而變低了。這麼一來，空氣就會由陸地流向氣壓較低的海洋了。這股氣流，就是陸風。

在本案中，案發現場的書房向山（陸地）背海（海洋），加上香港位處沿海地區，日間又陽光普照，所以福爾摩斯知道案發當晚吹的是「陸風」。由於女僕們在樓上聞到火藥的煙屑氣味，他馬上就知道──案發時，書房的窗是開着的。這個發現，就成為了破案的關鍵。

科學小知識

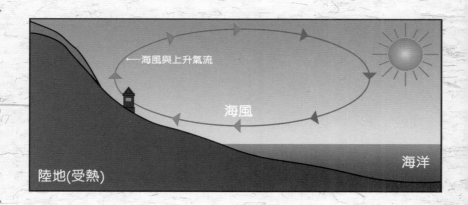

海風與上升氣流

海風

海洋

陸地(受熱)

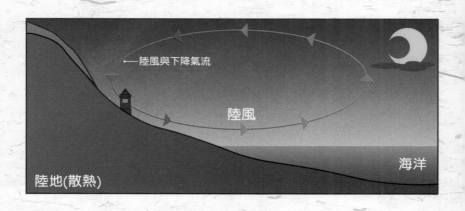

陸風與下降氣流

陸風

海洋

陸地(散熱)

第11集　解碼緝兇

原著：柯南·道爾
（本書根據柯南·道爾之《The Adventure of The Dancing Men》改編而成。）

改編&監製：厲河　　　　人物造型：余遠鍠

漫畫：月牙

總編輯：陳秉坤　　編輯：羅家昌

設計：葉承志、黃卓榮、麥國龍

出版
匯識教育有限公司
香港柴灣祥利街9號祥利工業大廈2樓A室

承印
天虹印刷有限公司
香港九龍新蒲崗大有街26-28號3-4樓
電話：(852)3551 3388　　傳真：(852)3551 3300

發行
同德書報有限公司
九龍官塘大業街34號楊耀松（第五）工業大廈地下

翻印必究
2021年7月

第一次印刷發行

想看《大偵探福爾摩斯》的
最新消息或發表你的意見，
請登入以下facebook專頁網址。
www.facebook.com/great.holmes

"大偵探福爾摩斯漫畫版"
©Lui Hok Cheung ©2021 Rightman Publishing Ltd. All rights reserved.
未經本公司授權，不得作任何形式的公開借閱。

本刊物受國際公約及香港法律保護。嚴禁未得出版人及原作者書面同意前以任何形式或
途徑(包括利用電子、機械、影印、錄音等方式)對本刊物文字(包括中文或其他語文)或插
圖等作全部或部分抄襲、複製或播送，或將此刊物儲存於任何檢索庫存系統內。
又本刊物出售條件為購買者不得將本刊租賃，亦不得將原書部分分割出售。
This publication is protected by international conventions and local law. Adaptation, reproduction or transmis-
sion of text (in Chinese or other languages) or illustrations, in whole or part, in any form or by any means,
electronic, mechanical, photocopying, recording or otherwise, or storage in any retrieval system of any nature
without prior written permission of the publishers and author(s)is prohibited.
This publication is sold subject to the condition that it shall not be hired, rented, or otherwise let out by the
purchaser, nor may it be resold except in its original form.

Printed and published in Hong Kong.
ISBN：978-988-75649-2-8
港幣定價：$60
台幣定價：$300
若發現本書缺頁或破損，請致電25158787與本社聯絡。

網上選購方便快捷　　購滿$100郵費全免
詳情請登網址 www.rightman.net